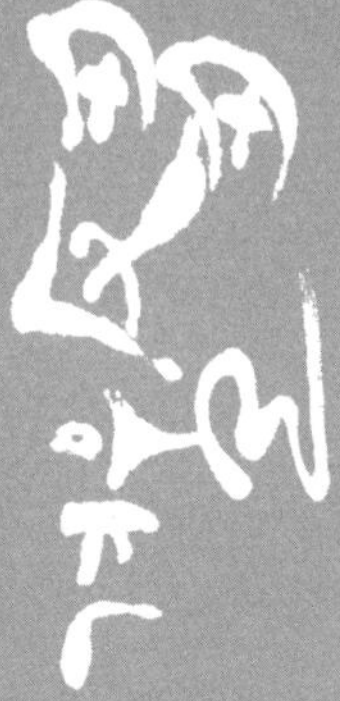

겨울 반추 反芻

1판 1쇄 인쇄 | 2017. 12. 25.
지은이 | 丹晴
발행인 | 맹경화
발행처 | 푸른산
등록번호 | 제 301-2013-107호
주소 | 서울시 중구 을지로18길 25-2
TEL | 02-2275-3479
FAX | 02-2275-3480
E-mail | csmac69@hanmail.net

값 9,000원

ISBN 979-11-951303-3-7 03810

단청 시집 — 겨울 반추 反芻

자서自序

불 속에 뛰어들어
나를 세상에 내 놓으신 아버지
목숨이 잦아들어가시는 아버지
나는 무엇으로 보은報恩할 수 있을까요
나의 무능은 시 쓰는 일 밖에 없는데
나는 끝까지 당신의 화인火印
사 랑 합 니 다
표제標題를 써 주신 중천 선생님
해설解說을 써 주신 구자형 선생님
고 맙 습 니 다

❄목 차

Ⅱ

여름 반추反芻

Ⅲ
봄의 별에서

Ⅳ
충무로 일지日誌

제1부 — 겨울 반추 反芻

※반추(反芻) : 어떤 일을 되풀이하여 음미하거나 생각함. _*Rumination*

火印의 겨울
– 겨울 반추 1

1

늦가을 구름 한 점 없는 대낮 하늘이
파래도 너무 파랬다
기와집 대문 밖에는 낟가리가 산처럼 쌓이고
멍석마다 곡식들이 일광욕을 하고 있었다

아버지는 지게에 싣고 온
푸른 무웃단을 앞마당에 부려 놓았다
올해는 농사마다 대풍이구나
대문에는 솔방울 숯 금줄이 쳐졌고
생애 가장 행복한 날들이 다녀가고 있었다

고추잠자리들이 퇴장을 한 뒤
등불처럼 매달린 연시들이 가끔 떨어지고 있었다
장독 곁에서 이미 서리를 맞은 국화들
시화詩畵의 물감 칠 같은 단풍잎들이 수북한

가을은 석류처럼 다 벌어져 있었다

내가 태어나고 7일째 되는 날이었다
산구안을 끝내고 돌아가는 외할머니를 배웅하러
엄마는 집을 나섰다
3살 오빠와 갓난아기 만이 빈 방에 잠들어 있었다

5살 작은언니는 천사의 모습으로
근처 연초 건조장 앞에서 또래들과 놀고 있었다
아버지가 사다 준 꽃신을 처음 신고 나온 날이었다
저년들이 무말랭이를 자꾸 집어 간다고
윗집 할머니는 툭하면 구박을 해댔다

학교가 파하고 큰언니는
서리맞아 짙어진 들꽃 향기에 팔려 있었다
코스모스 들국화 과꽃 벌개미취
엄마 몫으로 한 아름을 꺾어들고 웃었다

며칠 전부터 마을의 기운이 심상치 않았다
트럭 몇 대 분의 쌀가마니가 건조장에 또 쌓였다
쇠때 구멍으로 들여다보면
그 거대한 성 안이 가득 차 있었다
누구는 그것이 전부 찹쌀 가마니라고 우겼다

이웃집에 친척 오빠가 서울에서 놀러 왔다
작은언니와 친구들이 어울려 놀았다
친척 오빠는 성냥을 가지고 나왔다
작은 불장난, 거기서부터 시작이었다
지푸라기를 타고 오르던 불씨가
순간 바람에 업혀 건조장으로 옮겨붙었다
아이들은 겁을 먹고 울먹이며 달아나기 시작했다
불길이 건조장 지붕을 태우고 있을 때
갑자기 폭발이 일어나기 시작했다

펑, 펑펑, 펑, 펑펑 펑, 펑, 펑
전쟁의 폭격처럼 불덩어리가 사방으로 튀었다
그곳에 다시 불길이 일어나고
거세진 바람에 더욱 부풀어 닥치는 대로 집어삼켰다
마을은 아수라장이 되었다
폭발은 끝도 없이 이어졌고
세상은 활활 타오르는 아궁이 화염 속이었다

달아나다 꽃신이 벗겨진 작은언니는
다시 그 꽃신을 잡으려 돌아섰다가
동무들이 하나둘 불길에 녹아가는 걸 보았다
지옥이 넘실거렸다
다시 달아났고 넘어졌다 너무 뜨거웠다
어느 순간에서 의식은 잃어져 갔다

꽃을 꺾고 돌아오던 큰언니도
외할머니를 보내고 돌아오던 엄마도

김장 배추를 지고 돌아오던 아버지도
그 찬란한 악마의 향연을 보고 말았다
놀란 가슴들은 불길을 헤치며 집으로 달려갔다

기와집은 불덩어리가 되어 타고 있었다
엄마가 앞치마에 붙은 불을 끄는 사이
아버지는 불속으로 뛰어들었고
잠시 후 세 살 오빠가 담장 밖으로 떨어졌다
이어 다시 들어가는 아버지를 누군가 말렸다
하나 구했으면 됐다고
아버지는 뿌리치고 불길 속으로 다시 사라졌다
화염으로 집이 무너져 갔다
모두가 절망한 순간
아버지가 강보에 쌓인 아기를 안고 나왔다
나였다 여전히 자고 있었다

2

도립병원 라디오에서 뉴스가 흘러나왔다
폭발한 폭약은 화약 1백10가마
모 부대 군용 트럭이 9번이나 운반
마을 연초 건조장에 적재
가옥 8동 전소 7명 사망 49명 중경 화상
군수품만을 취급하던 무허가 고물상 이 씨는 도주
군, 경 합동수사반 포탄 분해 도구 일체 압수

마을은 거대한 잿더미가 되었고
화상자들은 여기저기 열악한 병원으로 흩어졌다
머리와 엉덩이에 큰 화상을 입은 작은언니가
치료 때마다 몸서리를 치며 울어댔다
간호사는 생살에 붙은 붕대를 자꾸 떼어냈다
병실 사람들이 시끄럽다 성화를 해대자
배가 고파 우는 나를 엄마는 시트로 덮어놓았다

아버지도 목 등과 다리에 심한 화상을 입었다
비명과 신음이 끊이지 않았다
온 가족이 지독한 겨울을 보낸 그 도립병원
막막한 세상에 절뚝이며 다시 봄이 왔다

퇴원을 하여 돌아온 집터에는
슬레이트 지붕의 벽돌집이 지어져 있었다
그런 집들이 여러 채 새로 생겨
낯선 주인들을 맞아들이고 있었다
타다 만 동전 몇 개 뿐
아무것도 옛날 것이 남아 있지 않았다
한순간에 모든 걸 잃었지만
아버지는 절망할 새도 없이 부지런히 움직였다
다른 아버지들도 마찬가지였다

남쪽에서 제비들이 날아왔고

박 넝쿨이 뻗어가기 시작했다
주렁주렁 박이 열리고 다시 물소리가 들렸다

멀리 가서 나무를 팔고
빈 지게로 돌아온 아버지는 웃었다
칼국수를 끓여 좁은 마루에 둘러앉자
제비 새끼들이 요란하게 울어댔다
부모 제비가 새끼 제비 주둥이에
연신 먹이를 물어다 주고 있었다
고개를 쳐들어 모두 제비집을 보았다
살구꽃이 터지고 있었다
비행기가 긋고 간 하얀 상처를 녹이며
하늘은 또 구름을 베고 웃고 있었다

큰언니의 겨울
– 겨울 반추 2

달빛이 푸르렀다
별들이 꽃처럼 흐드러졌다
열네 살에 공장에 나갔던 큰언니가
스무 살이 되어 돌아왔다
가난한 남자를 사랑한 죄로
엄마한테 잡혀와 말도 없이 차갑게 지냈다

간혹 그 남자가 과일이나 꽃을 사들고
예고 없이 찾아왔다
그것은 공습경보였다
큰언니는 새벽까지 갇혀있었다
다락에서 내려온 가늘은 다리는 절었고
머리칼은 젖어 있었다
우리는 연애를 한 큰언니를 경멸했다
그래도 우리는 그 남자의 귤을 까먹었다

목단 꽃 같은 큰언니는 시들어가고
독풀처럼 미움만 키우고 있었다
향그런 껌을 혼자만 씹었다
밤낮으로 집안을 쓸고 닦았다

정적이 끌처럼 긋고 갔다
우리끼리 큰 다툼이 일던 밤
별들이 엉키고 달빛이 헝클어졌다
큰언니의 눈물이 핏물처럼
방바닥 위로 떨어졌다
어디냐 불난 데가?
마실 갔던 아버지가 들이닥쳤다
겨울은 검은 엿처럼 느리게 녹아갔다

눈 속에 버들강아지가 피었다
큰언니는 맞선을 보았다

피아노를 사주겠다는 말에 끌리었는지
혼인은 곧바로 성사되었고
큰언니는 웨딩드레스를 입었다
쓸쓸한 표정으로…

얼음이 풀리듯 우리는 눈물이 나왔다
내 꽃신 속에 꽃씨를 넣어 준
큰언니는 우리 곁에 돌아와 있었다
지병持病처럼 떠나면서
휘청거리는 가계家計를 남겨놓았지만
서투른 피아노의 선율처럼
이따금 내 가슴을 두드리고 있었다.

엄마의 겨울
– 겨울 반추 3

음력 동짓달 스무하루
해마다 눈이 펑펑 쏟아지던 그런 날이
엄마의 생신이다

돈을 모은다는 건 불가능했다
어쩌다 10원이라도 손에 들어오면
장판 밑에 숨겼다가 장독 빈 항아리에 옮겼다가
애지중지 아끼고 기어이 쓰지 않았다
비료부대건 더러운 비닐이건 깨진 병조각까지
그렇게 형제들끼리 몇 달을 모은 돈 500원

엄마 생신을 하루 앞두고
우리는 회의에 회의를 거듭한 끝에
방울 달린 흰 모자를 선물로 결정하고 집을 나섰다

눈이 푹푹 빠지는 시오리 숲길을 걸어 입장까지는

반나절을 가고 또 반나절을 와야 했다

갈라터진 볼 위로 유리 같은 눈보라가 휘몰아쳤다
누런 코마저 얼어붙는 듯 얼굴이 조여왔고
못 견디게 손발이 시렸다
언니가 등을 내밀어 막내를 업었다
가도 가도 끝이 없던 산길에서
장끼가 달아나다 떨군 멋진 깃털을 주웠다
밤나무 밑에는 멀쩡한 밤 한 톨이 없었다
시야에 가득한 건 백색의 세상뿐

그 멀고 먼 길 끝에 얼음 언 냇가가 나타났다
징검다리 건너 도회지 같은 입장은 별천지 같았다
우리는 큰 방울이 달린 하얀 털모자를 샀고
남은 돈으로 미원 한 봉지를 샀다
국화빵 앞에서 군침을 흘렸지만 조르지 않았다

승전보의 전령사처럼 돌아오는 길은
엄마의 모습으로 길게 석양이 이어졌다

그날 늦은 귀가로 혼이 난 우리는
짙푸른 어둠 속에서
하얀 설레임의 밤을 보냈다
솜 이불보다 두툼하게 쌓인 눈
검둥이가 아궁이에서 나와 기지개를 켰다
음력 동짓달 스무하루 날이다

우리는 엄마에게 생일선물을 전달했다
털방울 모자는 엄마에게 잘 어울렸다
기뻐하던 엄마의 눈에서 얼음이 녹아떨어졌다
미원이 들어간 미역국을 먹고
세상에서 가장 행복한 때를 보냈던 그 아침

겨우내 엄마는 하얀 털방울 모자를 쓰셨다
우리들의 마음이 따스한 온기를 붙드는 동안
엄마는 화를 내지 않으셨다

그해 겨울은 따뜻했다

선혜의 겨울
– 겨울 반추 4

내 짝꿍은 풍뎅이만 한 선혜
유일하게 만만한 선혜
선혜가 며칠째 학교에 안 온다
아버지가 돌아가셨단다

온 세상이 하얀데도
계속 눈이 내리던 날
선혜가 학교에 왔다
전에 없이 친절한 내게
쪽지를 주었다
〈끝나고 우리 집 갈래〉

가는 길이 멀고 험한
서운 산 중턱 외딴 집
선혜는 거기 살았다

고욤 빛 마루에 아이들이 앉아 있었다
모두 동생들이란다
선화, 선옥이, 선영이, 선순이…
얼마 전 태어난 동생은
어딘가로 입양되었단다
그 아기까지 끝내 딸이어서
어머니는 눈이 퉁퉁 붓도록 우셨단다
며칠 후 막내 아기가 떠나고
다음 날에 아버지는 눈을 감았단다

장례를 치르자마자
어머니는 산 속을 헤매어
집채 만 한 땔감을 이고 들어오셨단다
회복되지 않은 몸으로
오늘도 남의 집 일을 가셨단다

풍뎅이 선혜는 어른스러웠다
고구마를 한 다라이 씻어서
솥에 안치고 불을 지폈다
내가 물을 뎁혀 씻겨줬더니
동생들은 말갛게 피어났다
토끼 가족마냥 모두가 귀여웠다
둘러앉아 찐 고구마를 먹고서
뒤엉켜 술래잡기를 하였다
오두막이 무너질 듯 쿵쾅거렸다

해가 시들 쯤 선혜를 따라
통미* 고욤나무숲으로 갔다
겨울 새들이 푸드덕 날아가며
장난스레 눈가루를 뿌려댔다

– 우리 나무야

선혜는 고욤나무를 올라탔다
다람쥐처럼 재빠르게
엄청 높이 올라가서는
왕이 된 듯 늠름하게
산 아래를 내려보았다

고욤나무 가지를 잔뜩 꺾어 왔다
내게 고욤이 가득 달린 가지를
한 아름 안겨준다 선물이었다
해가 거의 다 기울고 있었다
왠지 집으로 돌아가기 싫었다
그렇지만 더 즐거운 내일이
우리를 기다리고 있었다

*통미: 지명

내면의 숲
– 겨울 반추 5

1.

보석이 뿌려진 숫눈 위를 이른 바람이 달린다
눈부신 듯 절뚝이며 새들은 발자국을 찍는다
간간이 흩날리는 무지개
정오를 건너는 햇빛을 따라
서서히 바스러지는 시래기
무한 바람 속 같은 실체 없는 기다림
내면의 숲은 더 깊은 한겨울
본래 이름을 감춘 눈꽃나무들이
의식을 치르는 때를 맞춰
심심해 못 견디고 튀어나온 산토끼 한 마리
나는 깡충깡충 뛰어 너에게로 간다

2

혹독했지만 아름다웠던 그 겨울을 나는 그리워하네
눈뜬 아침마다 폭설이 가져온 세상을 만나면
빛 샤워로 쏟아지던 유년의 환희를
나는 어떤 베일을 걷고서야 다시 갈 수 있는 걸까
머나먼 그곳 콩기름 불 지펴 방 안을 밝히면
듬성듬성 잡지가 붙어있던 벽
내 형제들이여
찬바람이 밤새 드나들던 문풍지 틈으로
떡국같이 뽀얀 날이 밝아오면
내 영리한 누렁개와 꼬리 터지게 반가운 재회
굵주린 나무들 사이로 내달리던 용맹한 순수
나는 빛줄기를 타고 타잔처럼 그 숲으로 가련다

3.

창구멍을 뚫고 들이치는 햇살 받은 먼지의 띠로 천사가 올 것만 같던 그 겨울 아침에 성에의 꽃무늬를 작은 손톱으로 긁어내었다 소년 같던 소녀여 방안 가득 날리던 입김들이 서로 춤을 춘다고 바라보던 네 눈망울에는 추위가 들어있지 않구나 바람이 매울수록 단단해지는 얼음을 기뻐하며 썰매를 고치던 유년의 뒤안 보석 같은 얼음과자로 마냥 행복했던 끊임없이 눈 내리던 그 때를 어찌 슬픔으로만 기억할 수 있으랴

4.

사온의 햇살이 남향집 안마당 가득 담긴다 휴식처럼 고드름이 녹고 담벼락의 빳빳했던 빨래도 겨우 녹는다 주둥이가 새카매지도록 씹던 칡뿌리 그 질긴 시절을 다들 어떻게 이겨낸 것일까 깊이 박힌 살얼음으로 뼈대 삼아 버티던 부모님의 삶 그 겨울 어딘가에는 냉이가 돋아나고 있었다 수시로 솔방울들을 떨구어주는 소나무 숲 놓친 참새는 상한 다리가 아파 울었을 것이다 분명 그 앙증한 눈망울에 담기던 흰 눈의 대지 지상의 천국은 그곳이 아니었나 싶으이

벽시계의 부활

– 겨울 반추 6

그날 엄마는 팥죽 솥에 불을 지피다 말고
뛰쳐나와 지나가는 시계 수리공을 불러들였다
오래전 고장 난 괘종 벽시계
한동안 우린 시간도 모르고 지냈었다

돼지 간 근처 거름을 개던 아버지는 소리를 질렀다
수리공은 고치던 벽시계를 내려놓고
겁먹은 표정으로 얼른 돌아가려 했다
웬일인지 엄마는 아버지에게 눌린 듯 수리공을 달래며
괜찮으니 꼭 고쳐달라 재주문했다
고치지 말라고 아버지는 다시 소리쳤고
엄마는 더욱 조신하게 수리공을 붙들었다
수리공은 좌불안석 시계를 수리했다

잠시 후 팥죽을 다 쑤고 난 엄마는
본래의 성품대로 돌아와 있었고

얼마나 별렀던지 잠시 동안 집 안은
꽹과리 깨지는 푸닥소리가 났다
아버지가 서둘러 마실 방으로 달아나자
녹에 쩔어붙은 바늘을 겨우 떼어내며
바깥양반 대단하신 줄 알았는데 별거 아니구만유
엄마의 패기에 수리공 기가 살아났던지
벽시계 바늘이 움직이기 시작했다

마침내 추까지 정확한 박자로 굳은 시간을 녹여내자
지켜보던 우리는 탄성을 질렀다
팥죽 한 그릇을 비우고
수리공은 쌀 두 됫박의 공임을 받고 떠났다
어둔 방 안에 시계가 살아 돌아가자
멈췄던 것들이 다시 성장하기 시작했다
아버지를 응원했지만 역시 엄마가 옳았다

대보름 밤
– 겨울 반추 7

보름날 밤은 내가 도깨비가 된 듯 즐거워져서
밤새도록 불놀이를 해야는데
엄마가 저녁밥을 먹은 뒤에는 못 나가게 한다

나 역시 초저녁잠에 무너지고
꼭 한 번은 오줌을 누러 달밤에 나왔는데
머얼리 동무들은 아직도 불놀이를 하고 있다

저곳은 앞 냇가 자갈밭
나는 몰래 집을 나와 담배밭을 가로질러
지름길로 뛰쳐가고자 내달리기 시작했는데
담배밭 중간 고랑에서 뭔가 벌떡 일어나
'따악' 내 마빡을 내리친 뒤 별 한 줌을 뿌렸다

그 자리에서 즉사하듯 쓰러진 나는
잠시 후에야 눈을 떴는데

구름이 보름달 여의주를 물고 있는 게 아닌가

도로 쓰러진 담뱃대 뿌릿덩어리는
누구 조상의 아픈 발이었는지
나보다 먼저 깜짝 놀랬던가 보다
마을이 다 훤하게 웃었다

엄마의 심부름
– 겨울 반추 8

엄마의 심부름은
내 존재감에 날개를 달아 주었다
매번의 간택이 사랑받을 절호의 기회였다
오랜 앙금을 풀고자 한
엄마의 깊은 뜻을 담은 김치 한 사발
뒷집에 전달하라는 이른 아침의 하명
가슴이 쿵쾅거릴 만큼 설레었다
부엌 뒷문을 나선 뒤
되통맞기로 유명한 나를 돌려 차는 돌부리
보기 좋게 엎어졌다 일어선 나
조심히 김치를 수습해
성공적으로 전달 임무를 마쳤다
– 엄마가 김장김치 맛 좀 보시래요

며칠 뒤
호랑이 눈을 가진 엄마가
나를 불러 앉히고 물었다

– 너 가다가 김치 엎었지?
고개를 끄덕이기도 전에
눈물 몇 방울이 쏟아졌다
엄마가 웃기 시작했다
낄낄 깔깔깔 낄낄 깔깔깔

그날 일을 두고
뒷집 아줌마와 엄마가 만나
이빨이 빠지도록 웃으셨단다
정말이지 그건 지금까지도
영문을 모를 일이다.

헬기와 건빵
– 겨울 반추 9

퍼런 무만 깎아먹던 주린 배에
바람이 들었는지 속이 쓰리다
밭 가운데 기와집 식모 아줌마는
내 머리에서 왕퉁니를 뽑아 손톱으로 죽이며
솔깃한 말을 해줬다

헬기가 뜨면 뒷동산에 올라가서 건빵 달라고
큰 소리쳐 봐! 한 개 떨궈주고 간다!
그 후로 헬기가 뜨면 나는 열 일을 제치고
뒷동산으로 뛰어 올라갔다
두 팔을 크게 휘저으며
건빵 줘유! 건빵 줘유!
목청이 터져라 외쳐댔다

수상한 내 행동에 헬기는 더욱 가까이
요란한 폭풍을 일으키며 다가왔다

금방 건빵 한 봉지를 떨궈줄 것 같았건만
도무지 못 알아듣게 프로펠러를 돌리다간
하늘 너머로 매번 사라지고 말았다

백오십 번쯤 이런 행동을 했을 것이나
건빵의 행운은 단 한 번을 오지 않았다
한 번도 못 알아들었겠지만
미군마저 서운하여 나는 울을까 했다

라디오
– 겨울 반추 10

나 아버지 라디오 부숴봤네
그 속에서 춤추고 노래 부르던
작은 사람들 궁금해 못 견디고
내 아버지 보물의 단지를
뒷집 오빠 힘 빌려 열어봤네
눈망울 굴려가며 지켜봐도
예쁜 사람들 몰려나오지 않았네
숨어 있지도 않았네
그곳은 먼지의 집이었을 뿐
이사를 간 듯 텅 비어 있었네
그 속에서 나온 건 검은 자석 두 개
뒷집 오빠 신나서 가지고 사라졌네
나 좋은 사람들 몽땅 잃고 말았네
그만 아버지 행복 부숴놓고 말았네

엿

– 겨울 반추 11

밤눈이 휘몰아치던 오두막
그 아슬한 방안 호롱불 아래
엄마가 나눠주던 검은 보석 같은 엿
혓속 깊이 하도 빨아서 사라져버리는
달콤하고도 찐한 그 맛
가마솥 앞에서 종일 아버지가 불을 때고
엄마가 주걱을 저어 이겨 만든 엿
진득해야 만들 수 있는 찐득한 엿
물엿으로 가래떡도 찍어 먹고
손가락도 찍어 먹던 그 시절
참새 입으로 엄마에게 물었다
– 엄마 나 당뇨병 걸리면 어쩌지?
– 당뇨병 걸리도록 먹을 엿이 어딨어?
나는 벌써 다 떨어진 줄 알고 더욱 아껴 먹었는데
다행히 겨울이 끝나도록 엿은 내 혀를 놔주지 않았다

새, 홍시
– 겨울 반추 12

하도 시려 끝없이 파란
하늘 바닷속으로
새 한 마리 풍덩 떨어진다
가라앉던 추는
다시 균형을 잡는다
작은 두 눈
커다란 날개가
몇 바퀴 지상을 뒤집는다
그러다 지치면
새,
홍시 한 점 먹고
제 안에서
천리 불씨로 날아간다

눈 오는 날
– 겨울 반추 13

김 나는 하얀 쌀밥
화로서 끓고 있는
구수한 된장찌개
그믐 같은 뱃속에
차곡차곡 들여서
달공같이 채우다

성황당 노을

겨울 반추 14

1

얼마나 짓눌렸으면
생을 벗어 놓았겠나
모시적삼 흰 고무신
점잖았던 그 어르신
훌훌히 떠나시라고
바람결에 불을 놓아
살풀이춤을 추었네
살아서 가슴 아팠지
화마에 딸 하나 잃고
객지 간 딸 연락 두절
애만 끓던 긴긴 생애
그만 끝내고 마셨네
빈 농약병만 뒹굴던
석양의 붉은 피바다

2

칼날은 날 서 주어라
맨발로 널 서 주리니
세상이 야박하도다
날 부르는 저 구름에
너는 내 피를 부어라
만평 꽃밭 미치도록
목쉰 바람아 울어라
자빠진 저승길 문턱
나비 한마리 몸 바꿔
훨 훠이 훨 훠이 날아
불꽃 춤에 쫓겨나리
피가 살아 피가 살아
땅거미 길 기어가서
잿속에 별을 뿌려라

그땐 그랬지
– 겨울 반추 15

그래, 그때는 돈을 벌고자
뭇등의 뗏장도 떼었지
포상금을 노리고
간첩을 잡겠다며 아무나 미행도 했지
찬장 유리를 깨먹고 복구하겠다며
얼음 둠벙에서 미나리도 뜯었지
괜히 장롱 밑을 휘젓기도 하고
더러운 마루 밑도 기었지

2
그래, 그때는 밥을 먹고자
언 땅에서 감자 이삭을 캤지
빈 밭에서 시래기를 줍고
감나무 끝 까치밥까지 노렸었지
죄 없는 참새를 잡고
잠자는 개구리도 잡아들였지

상관없는 잔치집을 기웃거리고
빵 찌는 집 부엌에서 개겼었지

3

그래, 그때는 얼어서 못 먹게 된
환타 병을 기어이 깨뜨리고
고소한 원기소를 퍼먹었지
슬픔마저 얼어버린 눈부신 세상
언니는 하염없이 우체부를 기다리고
나는 이불 속에서 강아지를 껴안았지
전날 태어난 열성劣性의 돼지 한 마리가
온 방 안을 뛰어다니던 그때,
그때는 그랬었지

煙氣의 집
– 겨울 반추 16

저녁연기를 피우던 세상의 집들
공중에서 만난 형제들처럼
손에 손잡고
하늘 집으로 들어가듯이
동생아 우리도 가자 가서 밥 먹자
방죽서 꺾어들고 나온 부들
도쿠리에 붙은 도깨비바늘 떼면서
노을 밖으로 긴 실을 감듯 가자
언덕 하나 넘으면 저 멀리 엄마 목소리
땅거미에 스며들던 그 작은 발들의 걸음
얼음 속에 초록이 있던 그 겨울
저녁 굴뚝에는 다시 연기가 나고
너와 나 우리 다시 밥상에 모여앉으리

제2부 ― 여름 반추 反芻

우리는 모두 제 상처를 먹고 자란다 –丹晴

채석장의 기적
– 여름 반추 1

여름방학이 시작되자
녹음은 미친 듯이 산하를 뒤덮었다

앞 냇가 채석장에 버려진 듯한 크레인
꼭대기까지 아이들은 기어이 올라가야 했다
큰 돌들이 걸러지다 멈춘 성벽 같은
녹슨 기계 덩어리 안에서 아이들은 흥분했다

돌무더기 산들을 건너다니며
이상한 기쁨에 들떠 있었다
누군가 거기 본부를 짓자고 제안했다
모두 찬성했을 때 나는 어떤 예감이 주는
그림자를 보느라 아무 말도 듣지 못했다

밑에서부터 판자들을 끌어올리는
위험한 작업을 아이들은 기적처럼 해내고 있었다
아득한 저 바닥으로 나는 곧 떨어질 것이다

무중력의 시간 속을 헤엄치며
세상 밖으로 가게 될 것이다 찰라의 순간
나는 기울어 덮치는 판자들과 함께
지상으로 곤두박질치기 시작했다

이승과 저승 사이 그 통로가 길었다
곧 머리가 땅에 닿을 것이다 곧바로
나는 내 몸이 폭발하는 소리를 들었다
얼마나 시간이 흘렀을까
멈췄던 호흡이 다시 돌아왔을 때
아이들은 나를 둘러싸고 울고 있었다

살았다 죽지 않았다 나는 실눈을 떴다
찢어진 하늘 파랑이 쏟아져 내렸다
못 견디게 엄마가 그리웠다
엄마, 엄마에게 갈 것이다 나는

내가 지닌 모든 눈물이
늘어진 몸 밖으로 이동하는 걸 느꼈다
으깨진 풀 비린내가 진동했다
머리에서 피와 초록물이 흘렀다
아이들은 그것밖에 모른다

내 생이 가진 기적 하나를 사용하며
도무지 가눌수 없었던 꺾여진 유년
나는 거적같은 시절을 보내야 했다

어른이 돼서 아이들은 말했다
그땐 니네 엄마가 너무나 무서웠다고
그래도 내겐 따뜻한 호랑이였어
나는 엄마를 사랑했다 물론 지금도

검은 장마
– 여름 반추 2

협상을 끝낸 듯 장마가 물러가고 있었다
돌다리가 드러났고
죽은 줄 알았던 냇가의 풀도
진흙투성이 몸을 일으켰다
아침부터 따갑게 볕이 쏘아대자
매미가 일제히 함성을 질러댔다
어느새 맑아진 개울물은
흰구름을 불러들여 놀았다
꼬마들은 꼬마들끼리
물 속에 작은 발들을 담그었다
첨벙첨벙 물포말에 까르르거리다
수채화 속에 들었다
그늘이 번져오는 것도 모르고

저수지에서 수문을 열었다
예고 없는 흙탕물 쓰나미가
밀려 내려오고 있었다
어린 꽃잎들 그중 오빠 하나가
둑 위에서 잠자리를 쫓고 있었다
순식간에 꼬마들이 휩쓸려 갔다
돌덩이와 온갖 쓰레기
나뭇가지도 섞여 굴러가는 흙탕물 속에
꼬마들은 꽃잎처럼 짓이겨지며
세상 밖으로 그렇게 떠내려갔다
울부짖으며 더 내달릴 수 없게
끊겨버린 둑길에서 다섯 살 오빠는
그 여름과 함께 말더듬이가 되었다

오수午睡의 예배당
– 여름 반추 3

선물이라곤 도통 받아본 적 없던 나는
교회를 가기로 결심한다
여름성경학교에서 받았다는 24색 크레파스를
짝꿍은 열라 자랑한다
학교가 파하고 단짝 친구를 따돌리고
걔네 예배당으로 갔다
아랫방과 웃방을 터서 제법 커다란 예배실에는
사람들로 가득했고
나는 맨 윗목에 자리를 잡고 앉아
지루한 설교를 들었다
아이는 나뿐이라 창피한데다
양 떼처럼 졸음이 밀려왔지만
이 고난이 지나면 24색 크레파스가 생길 거라는
믿음 하나로 참았다
얼마나 시간이 흘렀을까

서늘한 기운에 눈을 떠 보니
나 혼자 덩그러니 자고 있는 게 아닌가
사람들도 예수님도 모두 가 버리고
개미 새끼 한 마리 보이지 않았다
선물은커녕 어둑해진 오솔길을 걸어
집으로 돌아갈 일만
'으헉' 꿈만 같아지고 말았다

거북선 담배

– 여름 반추 4

냇가로 빨래를 갈 때는
얼른 부지런히 앞서가야 한다
넓적하고 좋은 빨랫돌을
먼저 차지해야 장땡인 거다
그날도 반 뛰다시피 달려가 맡은 빨랫돌
그 위에는 거북선 담배 한 갑이
새것으로 얹혀 있었다
웬 횡재냐 싶어 빨랫 속에 감췄다가
동무들한테 실토하고 말았다
해 질 녘엔 친구 집 담 밑에 셋이 조르르 앉았다
멱 감아서 젖은 머리털을 늘어뜨리고
그 궁금한 담배 개비에 불을 붙여
한 모금씩 빨고 있을 때였다
뻔한 길을 가듯 연기는 공중으로 뿌우여니
사라지리라 믿었을 뿐이다

콧구멍과 입구멍 눈구멍까지 길을 못 찾고
연기는 서로 뒤엉켜 나왔다
목구멍이 쪼여오고 꼬집힌 듯 눈물이 기어 나왔다
– 이년들 이 나쁜 년들 시방 뭐 하는 겨
하필 작대기를 든 어른한테 걸려버리고 말았다
니덜 부모한테 다 이른다기에
셋이는 싹싹싹 구차할 정도로 용서를 빌었다
아마 얼마 못 가 거북선은 그 협잡의 입에서
모두 끄슬러져버렸을 것이다

황소뿔에 받히던 날
– 여름 반추 5

나 황소 뿔에 받히던 날
저 멀리 공중을 날아
청보리밭에 안착한 순간을
나 놀이기구 탔던 듯이
떠올려 본다네
폭발하던 구름과
추락하던 잠자리떼
하늘에 빠졌던 나
청보리 풀들이 일으켜
오늘을 걸을 수 있었다네
나 황소 앞에서 눈싸움하던
하룻강아지였네

개와 번개
– 여름 반추 6

검은 하늘 번개의 칼춤이 선명했어
비가 멎고 사방이 조용해졌을 때
나는 강낭콩을 까다 말고 슬그머니 밖을 나왔어

다 끝났나 보다 안심하며
흙탕물 웅덩이에 나뭇가지를 휘저었어
누가 볼새도 없이 사라지는 물 그림
그때였어 나를 노리던 검은 개의 습격
어둠 속 두 눈에서 번개가 치고 있었어
나는 검은 우산을 펴고 필사로 대항했어

검은 우산이 다 찢겨졌을 때
하나님 같은 개 주인이 나타났어
녀석을 크게 나무라자 분노가 꼬리를 내렸지
하지만 내 심장의 천둥은 쉬이 멎지 않았어

만만한 것은 왜 분노를 줄까

열한 살
– 여름 반추 7

1

그해 열한 살 여름 나는 성별도 없이 그저 작고 시커먼 동물이었다 심부름 시키는 가족들을 피해 또 무서운 엄마를 피해 집 주변을 어슬렁이다 또 냇가로 들로 산으로 쏘다녔다 동무가 없으면 혼자서도 어디든 다녔다 아카시아가 져버려서 속상했지만 지천에 싱아 풀이 있었다 가끔은 바위에 누워 흰 구름을 떠나보내곤 하였다

2

마른 몸에 자꾸 흘러내리는 반바지
끄나풀로 대충 묶고 다녔지만 사실 슬펐다
– 형수님 웬만하면 벨트 하나 사 줘유!
마루에서 낮술 하던 동네 삼촌 핀잔에
나는 달아나 냇가로 갔고
엄청난 클로버떼를 만났다
네 잎 다섯 잎 여섯 잎 일곱 잎
클로버 잎들이 내게 행운을 퍼부었다
수만의 꽃들은 수천의 꽃목거리를 만들 수 있었다
저녁까지 부자일 수 있었다
돌아가면 나는 다시 가난뱅이 신데렐라
나는 고아가 틀림없다 믿었다

여름 스캔들
– 여름 반추 8

옥수수밭 긴 해는 출렁거렸다

언니랑 아저씨는
점점 많은 그림자 속으로 들어가고

그림자가 그림자를 덮을 만큼
가득했을 때 목소리만 밖으로 나왔다

언니랑 아저씨가 전등불 아래 출현했을 때
수박은 배를 따고 있었다

여름 내내 나만 울상이 되어
뇌염 같은 고민을 앓아야만 했다

박 꽃

– 여름 반추 9

웃방 창호문에 얼비쳐 자라는 박 넝쿨
푸른 잎들을 매단 줄기들이
더듬이를 뻗어 바쁘게 길을 잇는다
먼저 핀 하얀 박꽃들이
소복이 모여 구름을 가려주면
화 안 한 고요 속에
보오얀 아기박이 열린다
짚 풀 담장 위 천사의 살결
푸름이 수십 장 겹쳐 진 밤하늘
긴 꼬리로 떨어지는 별똥별
밤이슬 머금은 하얀 박꽃 잎들이
슬픈 내 마음을 돌본다

다알리아

– 여름 반추 10

그 집 꽃밭에는 다알리아가 피었다 붉다 못해 자줏빛 윤기 도는 그 꽃이 나는 왜 그리 탐났었을까 큰 꽃은 작은 가슴에 가득 들어찼다 우리도 저런 꽃이 있었으면 그 당당한 화려 언제고 떠올릴 수 있도록 긴 시간을 들여다보곤 하였는데 꽃송이는 생글거리며 내 콧속에 실핏줄이 찰라 끊어지는 짜릿한 향기를 한 번 더 선사해 주었다

인형의 방
– 여름 반추 11

월급을 받자마자 큰언니는 꿈같은 진짜 인형을 사 가지고 왔다 반짝이는 눈코입, 예쁜 드레스 윤슬같이 빛나던 긴 머릿결 모든 시선을 피하던 고고한 그 표정은 구멍 난 나의 가슴을 금방 메워 주었다 내가 잠들면 작은언니는 인형을 데려갔다 갈색의 탐스런 머릿결을 매만지며 꿈을 물들였다 화상火傷으로 머리칼을 잃은 작은언니에게 도도한 인형은 직녀의 오작교 꼭 건너 만나야 했던 견우였을까 한 번도 울지 않는 인형이기에 그 슬픔을 가늠할 수 없었다

사루비아
– 여름 반추 12

사루비아꽃 붉어 만발한 수돗가에 꿀벌들이 모여들고 나는 무서웠어 그 따끔한 체벌의 침을 피해 달아나고만 싶었지 무언가 버거웠던 날엔 상급생 언니를 찾아갔어 복도 밖 유리창 너머에서 폴짝이면 금세 알아 차리고 나타나주는 그 착한 언니 속으로 나는 영 들어가 버리고 싶었어 언니는 늘 무언가를 줄 수 있었지 가끔 주먹만 한 밀빵을 건네며 들풀 같은 미소도 함께 내주었지 그 달콤한 사루비아 꽃밭 붉어 타오르던 그런데 이상하지 그 아름다운 학교가 왜 자꾸 수용소로 떠오를까

제3부 — 봄의 별에서

민들레

친구야
지난 겨울은 이렇게 가벼웁구나
때를 기다리는 건 햇빛 같은 지혜
웃는 것들은 울었던 것들이다
내가 꿈꾸는 동산으로 날아갈 동안
친구야
너도 따스하게 부풀 것이다

여린 배추밭에서

1

아이를 어르듯 한
순한 바람이
여린 배추밭에서 분다
자세히 보니 음악회다
지휘의 파도를 타는
연둣잎들의 합창
투명함이란 이런 것이다

2

고소한 점심상 가득
햇살과 바람을
배불리 먹던 어린 날의
솎음배추 겉절이
풋풋하던 어머니를
떠올린다
그리움이란 이런 것이다

3

흙과 살이 같을 때에만
씨앗은 싹을 밀어 올린다
아무도 건드릴 수 없는
연둣빛 무지개
맑은 수분이 사는 잎 속에는
실로폰이 울린다
음률이란 이런 것이다

씨 앗

나는 나를 끌어안고 있다

누군가 나를 향해 오고 있다

추운 날의 촛불을 위해서가 아니라

아픈 날의 칼처럼 오고 있다

다가오지 마

이대로 터져버릴 테야

나는 나를 더욱 끌어 앉는다

사과씨앗

사과 한 알에 붙들린
어린아이의 두 볼
상큼에 물들다
사라져 가는
구 안에서
씨앗이
남긴
너
빨간
두볼이
두 눈에서
영글어 가는
사랑에 빠지다
들켜버린 속 마음
사과 한 알에 붙들린

봄 물

아버지 나뭇지게 한가득
푸른 실핏줄 봄물 들어서
실개천 물살도 풀리겠네
모진 병들 다 씻어내시고
청년 되어 재오실 것 같네
전령의 종달새 앞세우고
휘파람 노래 휘휘 날리며
춘삼월 골짜기 돌고 돌아
진달래 산수유 버들가지
다들 깨워 지게에 태워서
아버지 꽃처럼 웃으시네

살구꽃

엄마 나들이 저고리에선
고운 분 냄새가 나
연분홍 꽃무늬 치마폭에 매달리면
요술처럼 나타나던 사탕 봉지
알알이 향긋한 봄날
입안에 굴리며
담장 밑을 지나던 유년

산그늘에서

수많은 이야기도
물처럼 흘러가는
낮잠 같은 세상
좋은 이름으로 불리는
풀꽃이나 즐기자
고요를 듣고 나는 물줄기
천년을 누워 자는
돌의 숨을 받아
나도 잠들은 듯
매끄러운 하늘처럼
아무 기록없는 가슴으로
풀향이나 즐기자

돌

세월의 안팎
넘나든 몸
절제한 빛으로
빛나
가져도 가져도
탐나도록
아름다운
침묵,
침묵을
밖으로 내오는

四君子

꼬인 마음 줄기

난잎처럼 빗어올리는

저녁 바람은

댓잎 그림자에 베이어

서리 같은 국화를 피우신다

매화 향기 그윽한…

보리수 아래서

오늘 다르고
내일 다르다
우리 아기
샘물 속에 든 등불마냥
내 온 그늘을 일렁이며
웃고 있다

수묵화

바람, 햇빛 모아
풀잎의 춤을
바위에 새기다

균열의 틈에도
쉬임없는 물빛
흘러내리다

고요가 흔들리면
가끔 산중에는
그림이 진짜를 그리다

우물 속

해도 들어왔던 자리
달도 들어오고
구름도 들어오고
비집고 바람도 들어오고
저마다 목간하고 나가면
밝고 맑은 얼굴들
세상 고와지라네
깊고 깊은 우물 속
살포시 내려앉는
꽃잎 하나 선녀님

꽃 보면 미쳐 타오르는 봄날의 기억도 환한

그 낮잠 속 같은 봄날의 인연 우리 둘이는 피는 무더기 꽃길 속 두 눈이 타올라서 꽃밖에 꽃밖에는 보이지 않아 꽃 속으로만 갔었네 봄날이 미쳐 춤은 재가 되어 씻겨버리고 나비를 안고 떨어진 꽃잎들 빗물은 휩쓸어 멀리로 도망가고 우리 둘 우리 둘이는 아직도 꿈이 안 깨어 꼭 잡은 두 손은 한 줌의 안개 안개 가루 꽃 보면 미쳐 타오르는 봄날의 기억도 환한

봄을 만나는 날

그날이 서로 다르더라도
나 사랑했던 추억 있으면
진달래 꽃망울에 담아주오

스치면 퍼래지는 멍
그 아련한 꽃잎들의 전령을
바람 잦아들 때까지
기다릴 테요

다시 마음 한 번 아프고 싶어
꽃잎마다 열어보리라
그러하니 그대 잠시
어리석음에 다녀가시오

산딸기

엿보고 있다가
들켜버린
눈물 그렁 맺힌
산딸기

가늘은 바람
목을 감으면
빨갛게 설움이 타
굵은 눈물
툭 툭 떨구듯
말을 남긴다

산벚꽃

스스로워 지은
꽃 궁전
활짝 열어놓고
한이레 살다
북받치는 설움
못이긴 듯
설레 설레
허물어버리는
북한산 초입
산벚꽃 나무

백로白露

안개의 새벽

아카시아 잎새 위
또그르~
하얀 이슬 다섯 알

너랑 나랑 따먹고
애기 다섯 낳자
울렁 울렁
일렁이는 눈물

널 놓칠 수 없었어
그 어떤 상황이라도

– 미안해

깨뜨리지 않게
백로를
네 입속에 넣어주며…

첫여름

따가운 햇살 속
실낱같은 물줄기
그런 새소리
호~로로롱~
물잎에서 나나
풀잎에서 나나
갸웃갸웃 가는데
발거는 돌
웬 장난일까
노려보니
시치미 떼고
제 속으로 숨네
호~로로롱
새소리 감추며

모성母性

밤이 뱀인 것을 뱀을 탓하랴
슬픔으로 휘감긴 몸뚱아리
징그럽다 볼수록 징그럽다
울음 그친 적 없는 축축한 생
악으로 단정해 죽이지 마라
귀여운 어린 뱀을 품에 엮어
흙 속 깊이 사랑 잠을 자노니

젊은 날

햇빛이 개밥 그릇을 뒤집어썼어요

붓이 내 얼굴에 낙서를 하고

시가 나의 사지를 분리시켰어요

밥이 나를 먹고 희망을 게워냈어요

뭉치는 건 울음뿐이었어요

얼음 물

물속의 물을 보았다

삐걱이는 몸의 소리를 들었다

물 속으로 끌려 들어가는 물을

끝까지 따라가 보았다

물이 사라진 뒤

보이지 않는 나를 보았다

반 전

새해는 밝음 나는 어두움
나이는 늘고 살날은 줄고
희망은 죽음 절망은 부활
친구는 없고 곤궁은 생겨
할 일은 많고 능력은 없음
보물단지는 애물단지로

개나리

겨울인데도
개나리가 핀다
푼수같이
따뜻한 햇살만 닿으면 핀다
철없이 피어난
노란 꽃망울
햇살은 도망가 버리고
시린 바람결
나신으로 핀 속사정
별들의 새끼 같은
개나리
방긋이 웃는다

씻기는 봄날

그는 내게
꽃향기를 쏟아 붇고

꽃잎처럼
떨어져 내렸지만

바람이
얼른 그를 주워 갔지만

내 믿음 속에서
그는

과거에서 오고
미래에서 오는

땅바닥에 어른거리는
해무늬

나를 언제나
눈웃음 짓게하는

나무 요일

물의 날 다음은 나무요일
그늘 아래 쉬고 있는 오후
물고기들 헤엄친다
너의 나른함 속에서
잠이 되고 싶은 나
햇살이 어루만지듯
너와 오늘은 나무요일

나뭇잎 수다가 쏟아진다
연못 위에 흐르는 바람
금붕어들 헤엄친다
나의 평온함 속에는
정이 들어 잠든 너
물살이 어루만지듯
너와 나누는 나무 요일

제4부 — 충무로 일지 日誌

꽃나무와 단풍나무 누가 더 아름다운가 –丹晴

모순 뒤집기

색맹인 화가는 동그란 네모를 그리고
무식한 선생은 낙제한 천재를 발굴하다

가난한 부자는 거지의 황금을 빼앗고
밤 눈 어두운 도둑은 겁 많은 형사를 쫓다

정숙한 창녀는 깨끗한 걸레를 빨고
타락한 천사는 악마의 사랑을 증오하다

자유의 노예는 즐거운 왕따가 되고
화려한 싱글은 우울한 주말을 보내다

고독한 희극인은 행복한 관객을 울리고
행복 전도사는 유쾌한 절망에 빠져 죽다

힘없는 권력자는 힘 있는 국민을 조롱하고
돈 있는 세입자는 돈 없는 집주인을 무시하다

교활한 토끼는 순진한 여우를 약 올리고
사나운 강아지는 온순한 늑대를 물어뜯다

멍청한 천재는 똑똑한 바보를 놀려먹고
음치인 가수는 인기 없는 명곡을 부르다

못생긴 애인은 잘 생긴 애인을 멸시하고
강인한 여자는 연약한 남자에게 무너지다

채식주의자는 육식주의자를 잡아먹고
가벼운 철학은 심오한 농담을 못 이기다

초라한 공주는 맛없는 요리를 먹어주고
거인 난쟁이는 무릎 꿇어 물구나무를 서다

연출된 우연은 가장한 필연을 기획하고
나쁜 추억은 분노의 그리움을 몰고 오다

떠나서 돌아온 철새들이 영원히 머무르는
눈 오는 봄날과 싸늘한 여름, 따뜻한 겨울이다

동상銅像 아저씨

정원이 끝나는 지점에
꽃다발 바치는 남자의 동상이 있다
꽃다발은 늘 붉고 싱싱한 조화였는데
나는 그것을 받고 싶어서
부러 그 길로 돌아가곤 한다
사방이 조용할 때는 그 차디찬 얼굴에
두 손을 감싸우고 말을 건다
– 아저씨 고마워요
오래전 흑백티비 속 외국 배우 같은
당신은 휴머니스트일 거야
숙녀가 되어가는 내 따님도
그 길을 지날 때는 동상 앞 벤취에 앉아
그 찬 목덜미를 끌어안고 입을 맞춘다
–아저씨야 사랑해요
제 목도리마저 둘러주고

한참 만에야 떠나간다
외로운 사람들이 제법 많다
cctv를 보면서
누군가는 웃을 것이고
누군가는 동정을 할지 모른다
아마 후자의 감성들이
동상을 빛나도록 문지를 것이다
바람이 아무리 불어도
머리칼 한 올 날리지 않는
꽃다발 바치는 아저씨 동상
정이 곤궁하다

충무로

우린 이곳이 좋은가 보다
떠나야 하는 데도
떠나지 않고
좁은 골목에서
더 좁은 골목을 유영하며
아직 꿈꾸는 걸 보면
그래도 우린 믿나 보다
이곳은 안전지대라고

소나무 홀로

물들지 않는 소나무의
인내심을 본다
함부로 세울 수 없는
길을 올려다본다
정류장에서 알았다
뾰족한 솔잎들이
안으로도 찔리고 있구나
상처에서 흘러나오는
흰 피가 손에서도
계속 엉겨 붙는다
백 년의 고문이라도
홀로 받을 수 있는
그 신성한 木에 기대 본다

한옥마을에서

물갈퀴 바람 훑고 간다
너와 나 함께 시간을 메우던
그 벤치 참새 몇 마리 비단잉어떼
시간이 고여있는 연못 안에서
이별을 본다
끊임없이 엇갈리는 지느러미
그렇게 물살을 보내면
청초롬 핀 연꽃 둘레로
그리움은 모여든다
하늘 어디 우리 이별도
내려다 본 이 있었을까

하늘정원에서

흰 고양이를 만났지
영화는 끝난 지 오랜데
주인은 끝내 오지 않았어
넌 버려진 거야
내 마음을 들여다본
고양이는 더욱 우아했어
외로움이 슬몃 찾아와
슬픔의 목도리를 휘감아주자
이곳은 다른 별이 되었어
혹시 주인이 찾아와도
장미꽃 만발한 정원일뿐
그리운 널 찾지 못할 거야
가는 비 한 방울 젖지 않는
흰 고양이 굿바이

껌

무언가를 씹었네 분노 같은 초조함 같은 지독한 열등 같은 나 나를 씹었네 앉은 자리 한통 다 까서 죽일 듯이 뭉개지고 뭉쳐지는 감정 덩어리 단물 다 빠지면 불쌍해지는 불량했던 것들 아구 아프게 울어 본 적 있는 뒤엉킨 내 속에서 나 빠져 나가기

금붕어

3초마다 기억을 잃어서
그 좁은 어항에서도
금붕어는 살 수 있는 거라고
누가 맘대로 정의한 걸까
금붕어의 마음을
사람인 주제가 뭘 안다고
3초마다 길을 잃어
헤맬 수 있는 공간마저
유리벽으로 쳐 놓고서
왜 생명을 조롱하는 걸까
유유한 슬픔의 물속을
살로 깎으며 온몸이 핏물 들어
빨간 금붕어
뻐끔뻐끔 할 말을 삼킨다

쏠리데오

그토록 굳건한 어리석은 믿음이 있던가
무거운 짐 짊어지고 골고다 언덕 만을 오르다
십자가가 된 그녀 쏠리데오
오직 하나님 얼마나 지긋지긋하셨을까
그래 그만 놓으셨을 것이다
오직 하나님 더는 못 견디셨을 것이다
먼저 간 그녀 생전 세상이었던
이 손바닥만 한 충무로에
아직 슬퍼하는 자 어디 있으랴
계절이 번갈아 들락거리며
숱한 아픔의 흔적들을 지워낸다
먼 전생이나 후생에 내 엄마 같아
마냥 미웠던 그녀
쏠리데오 오직 하나님

오징어

오 징 하여라
잡혀서 죽고
배 갈려 펼쳐 죽고
바짝 말려서 죽고
불에 구워져 죽고
갈기갈기 찢겨져 죽고
이빨에 짓이겨 죽고
위산에 죽으니
수없이
죽고 죽는구나
오 징 어

내 기일에

나를 사랑했던 사람들이
둥그런 탁자에 모여
나를 추억하는 일
혼령 되어 돌아와서
무릎마다 앉아보고
얼굴 쳐다보고
내 얘기를 듣고 싶다
슬프고 행복한 내 기일에

데자뷔

저 나무의 잎사귀들이 작년 게 아니듯
나는 몇 번의 나를 잃어버리고
또 잊어버리고 찾아 헤매는 걸까
이 生에서 나는
몇 번의 윤회를 살고 있기에
낯설음이 매번 익숙한 걸까
내 눈동자 속 시간을 뚫고 가는
빛의 感

불꽃놀이

불빛 한줄기
기둥처럼 솟아올라
거대한 꽃으로 폭발
쏟아져내린 불꽃잎들이
환희를 다 못 버티고
금세 어둠을 먹는다
황홀한 소멸
오색빛 찬연한
공중의 강
반짝일 때마다
상처를 드러내는 탄피들 같은
사람들이 흩어진다

노숙자路宿者

허기도 굳은 콘크리트 바닥
깡패 바람만 와서 범하는
부랑의 계절
요행 없는 세상이라면
전쟁이나 나버려라
아무도 닿지 않는 이 生에
봄볕이 든다면
다시 큰일이다

돈가스

신혼여행 삼박 사일 열 끼니를 나는 메추리알만 까먹었었다 날것은 입에도 못대던 그 시절 비위 약한 건 관념 때문이라며 내 식성을 깡그리 무시한 당신 산지 생선 횟감에 걸씬 들린 듯 초장이 흐르던 못생긴 그 입술 아 회가 얼마나 몸에 좋은 건데 부산 자갈치시장 막 코스에서 기차 타기 전 돈가스 사달랬지 그럼에도 당신 횟집에 들렀어 아 회가 얼마나 몸에 좋은 건데 열끼를 거의 굶은 신부 앞에서 낼름낼름 술 꺾어먹던 그 입술 줄줄 볼을 타고 흐르던 내 눈물 활어의 생살 아팠던 신혼여행 체념 같은 비늘들이 쏟아졌어 어긋남이 계속되던 그런 시절 먼 훗날이 된 오늘을 가둬놓고 홀로된 나는 돈가스를 먹는다

돼지의 반란

진창의 여름엔 썩은 음식을 주고
칼날의 겨울엔 얼음덩이를 주는구나
가시에만 찔려도 아프다 우는 인간들아
우리는 피의 두려움을 본능으로 가진
존엄한 목숨으로서의 존재이지
붉은 고깃덩어리가 아니다
고무처럼 무감각한 살 이라면 기꺼이
칼과 몽둥이를 허락하리라
허나 우리는 깊이 찔린 만큼
깊은 비명을 지를 수밖에 없는
생명으로서의 모든 감각을 지녔다
우리는 함부로 이름 붙여진
꿀꿀이 돼지가 아니다
온전한 음식을 원하며
자유로운 대지와 평화를 소망할 뿐이다
고기를 원한다면
너희도 다른 생명의 고기가 돼라

매 미

미루나무를 뒤흔든다 공중이 흔들릴 만큼
매미 한 마리 또 한 마리가 소리쳐댄다
쏴-쏴-쏴아아아아 쏴-쏴-쏴아아아아
7년 수모를 단일에 복수하듯 쏘아대는
저 밤낮 없는 소음의 신무기 폭격
온 마을 사람들이 꼼짝없이 당한다
매미를 못 잡으면 나무를 베야겠다는
어리석은 사람들은 언제나 을이다
해마다 여름 계약서 뜨거운 날인자
매미 한 마리마다 슈퍼 갑이다

은행나무

휠체어에 앉은 그에게
하염없이 은행잎이 쏟아진다
밝은 빛들이 잠시 머물러 주는
가을날 점심시간
사진을 찍어준다면서
나는 몰래 동영상을 찍었다
찰칵 소리를 기다리며
표정을 멈춘 그의 머리 위로
노란 잎들이 장난스레 내린다
물들기 전에는 몰랐던 길
아프기 전에는 알지 못했던 그가
한 손으로 찍어준 사진 속에는
내가 이리저리 잘려 있다

산다는 거

그래요 산다는 거 대부분 목마른 일이죠
때론 한 방울의 물기로 하루를 버텨내야 하고
매일 지치고 낭하로 밀려나는 절망에 두렵죠
그래도 버텨야 하고 버틸 수밖에 없죠
보세요 바윗돌 갈라진 틈에서
여름을 버티고 끝내 살아내는 저 풀송이를요
그 고귀한 작은 꽃들의 울음을 들어봐요
마침내는 씨앗을 터뜨려 멀리멀리 보내는
희열의 저 한 송이 어머니를 보란 말예요

소꿉놀이

– 친구가 브로콜리 인형 선물 줬어
  이름은 양배추야 이뻐해 조
– 알았똥~ 쓰담 쓰담
– 나는 얘 엄마고 엄마는 할머니야
– 헉 나 할머니 됐어
– 나 없을 때 괴롭히지 마
– 알았똥~
이불 속에 묻힌 브로콜리 다리 몰래 꼬집는다
– 우와앙~ 할머니가 나 꼬집어또
– 호~ 요놈 봐라
– 그러지 말라니까
노려보는 딸아이
– 엄마 할머니 무서워요~
브로콜리가 변조된 목소리로 울먹인다

사랑하기

왜 이렇게 셤 잘 봤어
그니까 말야
일루 와 봐 나쁜 새끼
딸애 와서 폭 안긴다
이렇게 잘 봐도 돼
정수리를 아주 사알짝 깨물어 준다
납뿐놈시키

새 가슴

불안이 깔린 지속된 평화 속에서
여행가방 대신 생존 배낭을 꾸리는
현명하지만 바보 같은 소시민들의
작은 가슴들
새 가슴은 얼마나 드넓은가

미꾸라지

하늘에서 내린 흙탕물 속에는
굵은 미꾸라지가 있었다
구불거리며 마당을 가로질러
도랑으로 흘러나가던
설명할 수 없는 기억을 되짚어
오늘이라는 미래에 와서 검색해 본다
〈하늘에서 떨어지는 미꾸라지〉
관련 학설들이 줄줄이 엮인다
납득될 수 있다는 것에 위축되는 순수
더 이상 캐지 말아야지

빈혈의 꽃

디딘 땅이 하늘로 떠오를 만큼 어지러웠다 내 몸속의 피는 이제 다 투명하거나 흰색이다 색소를 다 토해내고 넋 나간 꽃으로 나는 흔들리고 있었다 누군가 부축해 주면 땅으로 꺼질 것이고 그냥 두면 하늘로 날아갈 듯했다 연필 스케치 같은 보행 그런 나를 부축하느라 애쓰는 건 내 몸에서 나온 그림자뿐 장님 행세하듯 휘저으며 넘어지기 직전 아득함이 물었다 너는 왜 혼자가 되었니 언제부터

부고訃告

당신이 공격한 당신이
죽었다
승자도 패자도 당신인
당신뿐인 세상이
눈을 감았다

이팝나무 그늘에서

오월의 하늘을 봐요
하얀 구름 두둥실
눈부신 초록빛 데리고
그대와 거닐던 가로수 길
다시 봄 되어 찾아왔네요

오월의 나무를 봐요
하얀 꽃잎 소복소복
마음 가득 채워주는
이팝나무 길 같이 걸어요
그대 오세요
이 길을 우리 같이 걸어요

오월의 바람을 봐요
허전하고 텅 빈 가슴
비로소 채워주는 사랑
해맑은 향기 품은 꽃잎들을
두 눈 가득히 먹고 웃어요

가을 연인

가로등이 달빛처럼
연인들을 비춘다
사랑하고 있구나
등에 업힌 여자의 행복이
길 위에 배어든다
사랑받고 싶다
촉촉한 낙엽들이
손글씨 같은
멋진 엽서를 남긴다

솜

다정하다 너는 내가 우울할 때마다

부드럽다 너는 내가 모날 때마다

고요하다 너는 내가 소음일 때마다

기다린다 너는 내가 조급할 때마다

머무른다 너는 내가 떠날 때마다

미소진다 너는 내가 화낼 때마다

떠오른다 너는 내가 무거울 때마다

스며준다 너는 내가 눈물 날 때마다

감싸준다 너는 내가 아플 때마다

봄이 된다 너는 내가 추울 때마다

졸업 꽃

흰 눈이 아직 덜 녹은 눈 시린 교정에서 정들었던 친구들 다정스런 선생님 다 같이 사진에 들어 그리울 추억된다 기쁜 듯이 슬픈 졸업 저마다 부푼 꿈 안고 먼 바다로 나가리 잘 있어라 후배들아 머무르지 않는 오늘 기억하리 꽃향기 함께 찬바람도 선명하던 2월의 어느 날에서 우린 떠나간다고

참새들 아직 떠드는 익숙한 교정에서 정들었던 친구들 다정스런 선생님 모두들 추억에 들어 보고픈 얼굴 된다 기쁜 듯이 슬픈 졸업 저마다 설레임 안고 먼 하늘로 날으리 잘 있어라 나무들아 돌아오지 않는 오늘 잊지 않으리 졸업 꽃 함께 꽃눈들이 움터 오던 2월의 어느 날에서 우리는 피어난다고

대설주의보

삼 년 만에 당신이 나를 찾았어
폭설에 미시령을 간신히 넘어
속초 터미널에 도착했을 때
검정 승용차로 마중 나온 당신
따뜻한 차 안,
허연 머리 포근한 당신을 보니
자궁 속에 들은 듯 행복했어
하염없이 눈이 퍼붓는 길을 달리며
신나는 음악을 틀어달라 했지
보이는 것들이 모두 비틀거릴 수 있도록
몸을 흔들었어 춤을 추었지
백색의 산들로 둘러싸여 엄호 받으며
최소한 며칠은 돌아갈 수 없는
그 황홀한 눈길을
나는 목숨과도 바꿀 수 있겠구나 생각했어
회색 하늘 속을 달려 도착한 콘도

주차장에 차를 세우고
쌓인 눈 위에 벌렁 누워
백야를 맞이했던 그 밤의 품속
엄청난 폭설 뉴스가 타전되고
우리는 세상을 고립시켰어
누드 사진을 찍고
서로의 숲을 만졌지
이런 눈은 처음인 걸
개떼 같은 은하수가 내려온다
베란다 눈사람이 사라졌네
눈에 뒤덮여 이층은 일층이 되고
당신이 곁에 있는 아침이었지
나무의 키들이 3미터씩 줄었다
여기는 어디쯤일까
군인들이 제설차를 몰고 나타나
돌아갈 길을 정해줬어

영 이별인 줄 모르고
축복하듯 피어 휘날리는
눈꽃나무들의 그 합창하는 길로
구불구불 달려가던 내 사랑
만년눈 속에 갇힌
내 눈 사 람 아

※해 설

시인 단청의 첫 시집 겨울 반추反芻를 읽고...

구자형(시인, 방송작가)

1.

서류봉투 안에서 빛이 새어 나오고 있었다. 그 안에 담긴 시집 겨울 반추反芻에서 흘러나오고 있었다.

2.

나는 그녀가 시를 쓰는 줄 몰랐었다. 몇 번인가 디자인 일을 부탁하기 위해 그녀를 볼 때마다 '흔치 않은 눈빛...이네..?' 하고 고개가 갸웃해지며 약간의 의문에 잠기곤 했었다. 뭐랄까? 그녀의 눈빛은 사람을 빤히 바라보지 않았다. 자신의 마음을 슬그머니 감춘 채, 살아가는 뻔한 눈빛 아니었다. 이제 생각해 보니 그 눈빛은 시인의 눈빛.

3.

세상엔 많은 시집들이 있어왔다. 그 숱한 시집 중 '시가 뭐지?'라고 물었을 때, 선뜻 내 가슴에 '시가 뭐냐고?' '내가 시야!' 라고 잘 익은 초가을 햇사과처럼 툭하고, 안겨주는 시집은 좀체 드물었다. 그러나 나의 그 물음표 앞에서 단청의 시는 '이게 시야!', '나 단청이 시야!' 라고 탐스런 여인의 머리채 닮은, 함지박에 수북한 흑자주 포도송이처럼 내게 다가왔다.

4.

'애너벨리'라는 아름다운 사랑의 시를 노래한 애드가 앨런 포는 20세기 초에 이미 과학이 숲속의 모든 꽃의 요정들을 사라지게 했다고 아쉬워했다. 시인 단청 또한 그녀의 시 '미꾸라지'에서 '납득할 수 있다는 것에/ 위축되는 순수'라고 '하늘에서 떨어지는 미꾸라지'에 대한 궁금증을 인터넷 검색으로 찾아보던 '기억 캐내기를 더 이상 하지 않기'로 한다. 과학적 사실보다 시인의 진실로써 세계의 본질을 소통하기가 그녀로서는 자연스러웠던 것 같다.

아무튼 꽃의 요정들이 사라지면서 문득 사람들은 갈 곳이 없어졌다. 기댈 수 있고 언제 어디서나 '부르면 달려와' 나와 얘기 나눌 수 있고, 내가 기댈 수 있는 꿈이 사라진 것이다. 대신 인류는 보이는 세계에 집착해왔다. 그 집착은 오늘날 스마트폰 시대를 가져왔다. 사람들은 땀 흘려 번 돈으로 그 기기를 구입해 기꺼이, 자랑스레, 아주 자주 행복하게 스마트 폰의 노예, 친구, 주인이 되곤 한다.

과학은 이제 보이지 않는 허공까지 본다. 하여 허공의 대기 속 분자 안의 전자들끼리 지금 이 순간에도 1초에 50억번 충돌 중이라는 것 까지 본다. 왜 충돌하는 걸까? 바로 이 지점에서 시인은 눈앞의 세상에 개입한다. 시는 탄생한다. 그렇다. 허공은 결코 공허하지 않았다. 오히려 우주에서 가장 역동적이었다. 그렇다. 나는 이 역동성을 분자 안의 전자, 그들의 사랑의 전쟁이라 생각한다. 누가 더 많이 사랑하는지 행복한 게임을 하고 있는 것 아닐까 짐작한다. 그래서 순수한 대기가 지속가능해 왔으며, 그 사랑의 이야기들은 우리들 가슴 속 허파로 들어와, 우리의 사랑 에너지로 활용되고 있을 것이라 생각한다. 단청의 시 또한 그러하다. 그녀의 삶에서의 무수한 충돌들을 그녀는 사랑으로 품고, 마침내 이렇게 시의 향기로 뿜어내고야 만다.

5.

시인 단청의 첫 시집 '겨울 반추'는 이러한 과학 만능 시대에 천천히 읽게 되는 시집이다. 페이지를 넘길 때 마다 우리들이 잃어버린 이야기들, '먹고 사는데 이따위가 무슨 소용이람?'하고 바보처럼 내 버렸던 삶의 작은 풍경들이, 내게서 버림받아, 찔끔찔끔 흐느끼던 것들이, 서성이고 방황하던 것들이, 그녀의 시집에서 되살아나고 있는 것이다. 하여 고맙게도 우린 자연스레 그 추억 속을 떠올릴 수 있는 것이다.

멍석마다 곡식들이 일광욕을 하고 있었다
–
고추 잠자리들이 퇴장을 한 뒤
등불처럼 매달린 연시들이 가끔 떨어지고 있었다

■화인火印의 겨울 中에서

보라, 이 찬란한 '곡식들의 일광욕'이란 선명함을! 그리고 그 어떤 시인이 이토록 눈 시린 모국의 가을풍경을 우리에게 보여 주었던가? 생각해 보면 선뜻 떠오르지 않는다. 그렇다. 따끈따끈한 가을햇살 같은 그녀의 가슴에 안겨 사랑의 시선으로 덥혀진 그 가을풍경들을 시인 단청은 우리들에게 지금 이렇게 선물하고 있지 않은가? 좀 더 시구들을 소개하자.

가을은 석류처럼 다 벌어져 있었다

■화인火印의 겨울 中에서

이것은 그야말로 가히 절창이다. 그러나 이토록 가슴 황홀한 풍경들은 몇 단락이 지난 뒤 '모 군부대 군용트럭으로 9번이나 운반했던' '화약 110가마의 폭발 화재 사고'로 인해 시인의 아기 시절 고향마을이 소실되는 그 순간이 나타나고 숨이 멎을 것만 같은 그 상황이 전개된다.

지옥이 넘실거렸다

■ 화인火印의 겨울 中에서

이 와중에 당시 아기였던 시인은 강보에 쌓여 불길 속에서 세상모르고 잠들어 있었다. 김장배추 지고 돌아오던 시인의 아버지는 생명의 위험 무릎 쓴다. 이웃들의 만류 뿌리친다. 그리고 불타는 집 안에 뛰어 들어 3살짜리 아들을 구했고, 다시 훗날 시인으로 성장하는 어린 딸을 불길 속에서 구해 안고 나온다.

6.

시인 단청의 시집 겨울반추의 제2부는 12편의 연작시로 이뤄진 '여름 반추'이다. 그 '채석장의 기적'에는 시인이 체험했던 또 한 번의 어린 시절, 목숨을 잃어버릴 뻔했던 아찔한 큰 사고가 나온다.

누군가 거기 본부를 짓자고 제안했다
…
아득한 저 바닥으로 나는 곧 떨어질 것이다
…
머리에서 피와 초록물이 흘렀다
…
내 생에 가진 기적 하나를 사용하며
도무지 가눌 수 없었던 꺾여진 유년
나는 거적 같은 시절을 보내야만 했다

어른이 돼서 아이들은 말했다
그땐 너네 엄마가 너무나 무서웠다고
그러나 내겐 따뜻한 호랑이였어
나는 엄마를 사랑했다 물론 지금도

■ 채석장의 기적 中에서

나는 이 시에서 시인 단청이 도처에 위험을 간직한 세상을 따뜻한 희망으로 바라보고 있음을 감지한다. 물론, 그런 이야기를 그녀는 일언반구조차도 직접적으로 말하고 있진 않지만 말이다. 또한 그녀의 시는 전반적으로 감사함의 아날로그 강물로 흘러간다. 팝 아트의 대가 앤디 워홀도 필요하다면 생전에 하루에도 백번, 천 번이라도 감사를 표현했다.

나중엔 뉴욕 '앤디 워홀'의 '드림 팩토리' 직원들은 사장 앤디 워홀이 나타나면 본능적으로 피했다. 고맙다는 말을 이미 너무 많이 들었는데 또 다시, 지겹게 들을까 봐서 였다.

7.

시집 겨울반추의 제3부는 '봄의 별에서'이다. 그 중에 첫 시가 '민들레'이고 그 중에 딱 한 줄만 소개한다.

웃는 것들은 울었던 것들이다

■ 민들레 中에서

어떤가? 충분히 오래도록 간직될 살가운 친구의 언어 아닌가? 이것은 시인 단청의 아름다움이다. 그리고 마지막 두 줄을 아끼고 싶지만 마저 되 뇌이자.

친구야
너도 따스하게 부풀 것이다

■ 민들에 中에서

태양은 봄의 햇살을 8분마다 푸른 지구별 향해 쏘아댄다. 그 햇살 먹으며 민들레는 때가 되면 날아오른다. 그것은 어쩌면 민들레의 꿈의 비행. 그 풍경 지켜보며 시인은 우리들에게 넌지시 이렇게 말해 온다. 친구야, '너의 꿈 또한' 언젠가 저 이름 없는 들녘의 민들레처럼 부풀어 날아 올라갈 것이다! 라고 말이다.

이어지는 민들레 다음 페이지의 '여린 배추밭에서'란 시에서도 한국말의 내밀한 고갱이들이 고개 들어 웃고 있다. 정말이지, 이 시 만큼은 75억 지구인 누구나 죽기 전에 꼭 한번은 반드시 읽어보시라 권하고 싶다. 거기 이런 몇 줄의 시구를 소개한다.

맑은 수분이 사는 잎 속에는
실포폰이 울린다
음률이란 이런 것이다

■ 여린 배추밭 中에서

열여섯 살에 시를 쓰기 시작해 스무 살이 채 안될 때 이미 지구촌 시의 역사를 혁명한 천재시인 랭보와의 우정을 뛰어 넘은 애정으로 유명했던 프랑스의 시인 폴 베를레느는 자신의 시가 음악이 되길 갈망했다. '가을날/ 바이올린의 긴 흐느낌이/ 가슴 속에 스며들어/ 쓸쓸하여라/ 마음 설레고...(가을 노래 중에서)'라고 노래하며 이를 성취해 냈다. 시인 단청 역시 자신의 작품 '여린 배추밭에서'를 통해 시의 음악화, 그 기적을 28글자로 빚어낸 것이다.

그렇다. 여린 배추 잎 속에서 실로폰을 연주하는 요정들의 콘서트를 시인은 우리에게 들려주고 있는 것이다. 이제 당신은 겨울 반추, 이 시집을 보기 이전의 당신이 아니다. 당신은 배추 잎 속의 '실로폰 소리가 흥겨운' '사랑의 시대'를 춤추듯 살아가는 '보다 더 자유로운 영혼'인 것이다. 따라서 당신은 이제 김치찌개를 눈앞에 두고서도 그 배추 잎사귀들이 품고 있던 실로폰의 음률을 느낄 수도 있지 않을까 싶다.

8.

겨울 반추의 3부 '봄의 별에서'에도 시인 단청의 시심은 흐드러진다. 때로 '씻기는 봄날'은 난해할 수도 있다. '수묵화'에서는 선시禪詩적 성찰을 그려낸다. 그리고 3부에서의 빼어난 작품 '개나리'를 결코 지나칠 수 없다. 그 시는 이렇게 시작된다.

겨울인데도
개나리가 핀다
푼수같이

■ 개나리 中에서

그렇다. 철없는 어린 것들처럼, 꽃샘추위가 엄습하는 시절임에도 불구하고 개나리는 맑은 얼굴로 꽃잎 피워 올린다. 그리고 노란 손수건인지 자그마한 깃발인지… 지독히 앙증맞은 그것들은, 마치 티베트 사람들이 길 떠나며 길가에 걸어 놓고 행운을 비는 형형색색 천 조각들 닮았다. 그렇게 개나리는 자신의 꿈을 차가운 꽃샘 바람 속에 걸어 놓고, 바람 불때마다 넉넉히 흔들리며 환희의 합창을, 저토록 천연덕스럽게 해 댄다. 그래서 시인은 또 이렇게 한 말씀 덧붙이신다.

따뜻한 햇살만 닿으면 핀다

■개나리 中에서

라고 말이다.

이처럼 시인은 자신의 삶의 힘겨움 가득 품고 개나리 꽃잎과 하나가 된다. 적수로 가득 찬 듯싶은, 그리고 사르트르의 소설 '구토'가 이미 있어왔던, 세상의 어떤 역겨움 속에서 시인은 개나리 데이트를 감행한다. 그러자 개나리가 몹시 반가워한다. 당신의 새끼손가락처럼 짧은 이 시, 개나리의 마지막 부분에 그 모습 나온다.

별들의 새끼 같은
개나리
방긋이 웃는다

■ 개나리 中에서

그렇다. 미국의 흑인 노예들은 삶의 고단함, 비인간적 천대받음의 억울함을 블루스Blues라는 푸른 별들의 춤으로, 그 환상의 붕대로 인생의 상처에서 솟아나는 빨간 피를 지혈해 왔다. 그래서 검은 손길로 하얀 목화 따다 울던 블루스는 자주 울고 또 운다. 영화 졸업의 배우 더스틴 호프만의 고백 '이젠 TV에서 일기예보만 봐도 눈물이 난다.'처럼 툭하면 운다. 하지만 그 블루스의 가장 고결한 경지는 '블루스는 울지 않는다'이다. 나는 이 말을 여러 해 숙고 해 왔었다. '블루스는 눈물이 반인데 왜 울지 않지?' 하지만 이제는 알 것 같다. 더 이상 흘릴 눈물이 없기 때문이 아닐까? 아마도 이승에서의 울음을 도처에서 다 울어버렸기 때문이 아닐까 싶다.

시인 단청의 개나리는 바로 그런 이야기다. 개나리도 시인도 더 이상 흘릴 눈물 한 방울이 없도록 살았고 어떡해서든 견뎌내려 했던 것이다. 따라서 그 어떤 슬픔도 아픔도 이제는 감히 시인을 어쩌지 못한다. 시인은 현실적 정체성을 초월해 우주의 유일한 존재라는 득음 같은 득시得詩의 경지를 현주소 삼기 시작했기 때문이다. 그래서 하늘은 무심치 않기에 문득 비가 온다. 비가 와 개나리의 작은 얼굴과 시인의 가슴을 적신다.

그러면 개나리도 시인도 다시 그 빗방울을 가슴으로, 온 몸으로, 온 마음으로 받아 조심스레 자신의 슬픔과 칵테일해 다시 간직한다. 그래서 그 눈물 한 방울, 개나리 잎새 위에 떨어진 빗방울 하나는 아마도 지도에도 없는 사랑의 바다로 지금도 술렁이는 것이다.

9.

드디어 시집 겨울 반추의 제4부 '충무로 일지日誌'가 펼쳐진다. 4부의 첫 시 '모순 뒤집기'는 위대한 아포리즘이다. 그 중에 한 줄이다.

초라한 공주는 맛없는 요리를 먹어주고

■ 모순 뒤집기 中에서

변신의 작가 카프카의 단편 중에 '굶는 광대'가 있다. 도시와 도시를 돌아다니며 전국순회 굶는 콘서트를 한다. 그러면 사람들은 그 굶는 광대가 나날이 야위어 가고 피골이

상접해 가는 것을 관람료를 내고 구경한다. 그러다 굶는 광대는 끝내 굶어죽고 만다. 그에게 던져진 마지막 질문은 이랬다.

'왜 굶나요?'
'내 입맛에 맞는 음식이 세상에 없어.'

굶는 광대의 지상에서의 마지막 말이었다.

10.

겨울은 침묵과 맞닿아있다. 겨울은 영원을 그리워하는 우리들 꿈의 플랫폼이다. 삶이라는 겨울 밤기차, 얼어붙은 그 차창 위로 또 다시 눈발이 쏟아진다. 첫사랑을 꿈꾸며 봉숭아 물들였던 떨리는 손톱으로 그 성에 걷어내면 어느새 아득히 먼 마을의 불빛 하나 눈에 들어온다. 그 불빛, 어딘가 단청의 시집 겨울반추 닮았다.

그렇다. 시를 쓰는 시인들은 많다. 하지만 삶을 노래하는 시인은 드물다. 시인 단청은 후자에 속한다.

우리는 엄마에게 생일선물을 전달했다
털방울 모자가 엄마에게 잘 어울렸다

기뻐하던 엄마의 눈에서 얼음이 녹아 떨어졌다

■ 엄마의 겨울 中에서

가난한 남자를 사랑한 죄로
엄마한테 잡혀 와 말도 없이 차갑게 지냈다

■ 큰 언니의 겨울 中에서

내 짝꿍은 풍뎅이만 한 선혜
유일하게 만만한 선혜

■ 선혜의 겨울 中에서

아버지는 절망할 새도 없이 부지런히 움직였다

■ 火印의 겨울 中에서

이처럼 시집 겨울 반추에는 시인의 어린 시절이 나타난다. 시인의 아버지, 시인의 어머니, 시인의 큰 언니, 시인의 만만한 친구 선혜가 나타난다. 그 몇 편의 시에서도 이내 죽음이 나타나지만 생명은 보다 더 번득인다. '남쪽에서 제비들이 나타나고 박 넝쿨이 뻗어나가기 시작했다…' 라고 시인은 증언한다. 큰 언니가 떠나면서 ‘서투른 피아노의 선율처럼/ 이따금 내 가슴을 두드리고 있었다’라는 이야기도 나온다.

이처럼 시집 겨울 반추는 헤어진 모든 것들을 추억하고 여전히 따스하게, 그 손들의 기다림을 하나하나 빠짐없이 잡아주고 있다. ‘찬바람이 밤새 드나들던 문풍지 틈으로/ 떡국같이 뽀얀 날이 밝아오면…’(내면의 숲) 등 고개를 끄덕이게 하고, 무릎을 탁치면서 탄복하게 되는 무공해의 언어들이 수두룩이 쏟아진다.

그러고 보면 어린 시절 시인은 온 세상과 빈틈없는 하나였었다. 구름이었고 햇살이었다. ‘봄을 만나는 날’이란 시에서는

다시 마음 한 번 아프고 싶어
꽃잎마다 열어보리라
그러하니 그대 잠시
어리석음에 다녀가시오

■ 봄을 만나는 날 中에서

라고 사랑을 손짓한다. 왜 어리석음이라 했을까? 하긴 사랑은 바보들이나 하는 짓거리다. 자칭 똑똑한 것들이 사람 위에 사람 세워 놓는 법을, 잔머리 굴려 수행하는 동안 바보들은 사랑을 한다. '다시 마음 한 번 아프고 싶어...'서 말이다.

그리고 봄이면 이 땅에 지천으로 넘실대는 연분홍 치마저고리 진달래, 그 꽃잎 하나하나를 모조리 다 열어보겠다고 설레인다. 이처럼 시인 단청은 대한민국의 모든 봄날과 모든 진달래 꽃잎을 다 가져가 버리고 말았다.

시란 그런 것이다. 소유하지 않고 자유하며 사랑한다. 실용이 아니라 만용 같은 천부의 사랑, 그 권한을 마음껏 노래한다. 그렇다. 믿음을 머리로 하고, 소망을 가슴으로 할 때, 사랑은 사랑을 온 몸으로 해 내고야 만다. 그래서 인생이란 식탁은 바보들이 요리조리 다 맛본다. 그 어리석음으로 위장한 바보의 지혜는 노자의 '도덕경'이 됐다. 칸트의 '영원한 평화를 위하여'가 됐다. 질 들뢰즈의 '어떻게 삶을 긍정할 것인가'의 도피가 됐다. 그렇다. 시인의 도피는 삶의 회피가 아니라 사랑의 도피인 것이다. 그 도피 같은 해피(Happy)가 굳이 설명 필요 없을 '대설주의보'에 차고도 넘친다.

신나는 음악을 틀어 달라 했지
—
백색의 산들로 둘러싸여 엄호 받으며
—
몸을 흔들었어 춤을 추었지
최소한 며칠은 돌아갈 수 없는
그 황홀한 눈길을
나는 목숨과도 바꿀 수 있겠구나 생각했었지

■ 대설주의보 中에서

또 다른 단청의 시 '은행나무'와 '사랑하기'에도 그녀의 삶은 녹아있다. 또한 '빈혈의 꽃'은 차마 마음 아파 똑바로 바라보기 힘든 시였다. 그래도 우린 보아야 한다. 위대한 권투선수는 설령 맞을 때에도 상대의 주먹을 보아야만 한다. 위대한 시인과 그 시의 독자들은 설령 마음 너무 아파와도 그 슬픔 똑바로 정면으로 바라보아야만 한다. 그 시구들은 이러하다.

나를 부축하려고 애쓰는 건
내 몸에서 나의 그림자뿐
장님 행세하듯
휘저으며 넘어지기 직전
아득함이 물었다
너는 왜 혼자가 되었니
언제부터

■ 빈혈의 꽃 中에서

11.

그렇다. 우린 김지하 시인의 분노의 눈으로 지난 70년대를 횡단했었다. 이후 도종환 시인의 '접시꽃 당신'을 읽으며 사랑하는 사람 죽어서야 겨우 베옷 한 벌 해주며, 그 순간 비로소 새 옷 한 벌 못해 준 슬픈 가난에 공감했었다. 그리고 행여나 어떤 분노로 인해 개인의 삶과 시정과 서정이 속수무책 침범 당하면 어쩌지? 하는... 초조함의 안타까움 속에서도, 그것들을 지키고 회복해 내고, 기억하려는 섬진강의 시인 김용택의 초기 시 '마당은 비뚜러졌어도 장구는 바로치자' 같은 작품들에 위로 받았었다.

이제 시간의 강물을 붉은 연어처럼 거슬러 올라 가 보자. 한국 근대시단의 푸른 별들이 빛나던 일제강점기라 쓰여 있어도 상해임시정부 시대라고 읽어야 하는, 애달픈 식민지 문화의 그 밤의 시대로 가 보자. 거기엔 윤동주의 '서시'가 어두운 생명으로 외로웠다. 김소월의 '진달래 꽃'이 찬란했다. 그리고 상해로 떠나는 애시리 황愛時利 黃이 등장하는 시, '슬픈 인상화'印象畵를 쓴 정지용의 멋드러짐이 있었다. 그것은 출구를 찾는 모더니스트의 독백이자 자화상이었다. 그리고 한용운의 한없이 정다운 화톳불 같은 '님의 침묵'이 있었다. 그리고 '모란이 피기까지는'의 시인 김영랑이 있었다.

나는 단청의 시를 순수 서정의 시인 김영랑의 맥을 잇는 시라 생각한다. 김영랑은 비가와도 젖지 않는 꽃잎 같은 시를 썼다. 그리고 어머니로 시작되는 '그 먼 나라를 알으십니까'의 낭만 서정의 시인 신석정의 지독한 따사로움의 시심도 단청에 의해 부활했고 그것을 물려받았다.

이후 8.15 해방과 6.25 전쟁 등을 거치는 가운데 해외의 시인 라이너 마리아 릴케의 몽환의 눈빛이 낮에 나온 반달처럼 아련하거나 창백했고, 어린 주정꾼처럼 랭보가 우릴 아프게 했다. 그리고 푸시킨이 그의 시 '삶'에서 유교적 어법으로 6~70년대 청춘들의 막막함을 토닥였다.

이처럼 시의 바람 불어가는 이곳 남과 북이 오갈 수 없는 땅, 한반도의 남쪽 하늘 아래, 이제 단청의 시집 '겨울 반추'가 충무로의 항구를 떠나 세상을 여행하고 비행할 것이다. 이것은 잃어버린 요정을 염려했던 에드가 앨런 포의 기우를 위로하고 일정 부분 안심시켜 줄 것이다. 그리고 신은 죽었다고 말했던 니체의 가슴에 단청의 시는 개나리 꽃잎처럼 흩날려 갈 것이다.

또한 색채의 시인 피카소가 '나의 그림은 무기다. 모든 정신문명을 말살시키려는 것들과의 싸움과 그 승리를 위한…

그렇다. 나는 물감 대신에 오히려 면도날로 그림 그린다. 따라서 내 그림에 손을 댄다면 그는 손을 베일 것이다.'라고 독하게 내뱉었듯이 시인 단청의 '겨울 반추'는 앞서 얘기된 바 있는 위대한 시인과 예술가들이 사수해 왔던 모든 아름다운 것들, 죽어가는 것들을 위한 사랑의 고백, 그 편지이자 평화를 위한 따스한 눈빛의 선언일 것이다. 그렇다. 새로운 한국의 시인, 세계의 시인이 시집 '겨울 반추'에서 탄생하고 있는 것이다.

지하에 애정다방이 있는 골목길, 이순신 장군의 그 생가터에서 불과 10여 미터 거리에 위치한, 바닷가 시골마을 작은 우체국 같은 공간에서 시인은 삶을 마주한다. 그 풍경 속에서 시인은 상처받은 자신의 내면 속 영혼을 뜨겁게 껴안고 있다. 마치 그녀의 아버지가 강보에 쌓인 어린 아기였던 그녀를 불길 속에서 구해 냈듯이 말이다.

그 아이가 이제 세상으로 날아오르려 한다. 더러는 날개가 빌딩 벽에 부딪히고, 더러는 힘차게 날아올라 대양을 건널 것이다. 더러는 시인을 못 떠나고 충무로의 바람 부는 전깃줄 위의 어린 참새처럼 비를 맞고 있을지도 모른다. 그러나 그 어린 새의 눈은 울지 않을 것이다. 젖지도 않을 것이다. 기어코 당신의 무심하거나 너무 바쁜 발자국들을 그

예쁜 눈으로 또록또록 바라보고 지켜 볼 것만 같은 것이다.

12.

이제 이 글을 마치며, 시인 단청이 그토록 오랫동안 꿈꾸고, 가꾸어 우리에게 선물 한 '겨울 반추'라는 위대한 시집으로 변장한 '사랑이라는 별'에서의 '시인과의 여행'을 접으며 그 아쉬움을 이렇게 말하고 싶다.

빛이 새어 나오고 있었다. 서울, 충무로의 밤하늘 위로 빛이 새어 나오고 있었다. 그러나 나는 이제 서야 겨우 그 빛이, 그녀의 눈빛이라 것을 그리고 (죄송하지만), 시인의 눈물이라는 것을 조금은 알 것만 같은 것이다. 그리고 이것을 약속하자. 이 시집 겨울 반추의 독자인 당신과 나는 이것 하나만을 약속하자. 24K 진실한 그 이야기, 절대비밀로 하기를, '겨울반추'의 빛도, 시인의 눈빛도, 단청의 눈물도 그 모든 것들을 말이다. 그리고 우리 지금껏 그래왔던 것처럼 오늘도, 내일도, 영원히 나도 믿지 않고, 우리들 자신도 믿지 않는, 터무니없는 거짓과 자기기만의 날들을 아무렇지도 않게 자행해 나가기로 말이다.

끝으로 이제 새로운 시의 역사가 시의 시대가 시작되고 있음을 충무로의 골목길 어느 허름한 주점에서 별 보다도 더 높게, 작은 잔의 축배를 들어 올려 당신과 함께 선언하고 기뻐하고 싶다. 그렇지 않은가, 우리들에게는 이제 지상에서 가장 외롭지만 하나도 외롭지 않은 척 하는 그래서 가장 아름다운 충무로의 위대한 시인 단청, 그녀가 있지 않은가?

왠지 오늘밤 시인 단청의 발자국 소리가 그리고 그녀의 숨결이 들려올 것만 같다. 그 발자국의 리듬은 북소리처럼 나를 깨울 것이다. 사람의 양심을 멱살잡이처럼 흔들어 깨울 것이다. 기어코 사랑으로 일으켜 세우고야 말 것이다. 그리고 그 숨결 새로운 바람 되어 서울과 동아시아와 지구별은 물론 아득한 우주의 끄트머리까지 불어 갈 것이다. 아름다운 것들과 가장 아름다운 영혼의 여행은 끝이 없을 테니까... 아주 먼 옛날부터 늘 그래왔듯이 말이다.

2017. 겨울

구자형